Le Grand Meaulnes

FichesdeLecture.com

Le Grand Meaulnes (Fiche de lecture)

I. INTRODUCTION

Le Grand Meaulnes est un roman que l'on doit à Alain-Fournier (1886-1914). Il a été publié à Paris, de juillet à novembre 1913 dans la revue intitulée *la Nouvelle Revue française*.

Ce roman autobiographique nous plonge dans les souvenirs d'enfance de l'auteur. Aimé de ses parents Instituteurs, celui-ci grandit dans le village d'Epineuil-le-Fleuriel, dans la région du Cher. Il parle notamment dans son œuvre de son grand amour : Yvonne de Quièvrecourt.

II. RÉSUMÉ DE L'ŒUVRE

Première partie

Fin du XIXe siècle. Le jeune François Seurel, âgé de quinze ans, narrateur du récit, vit dans le village français de Sainte-Agathe. François y mène une vie paisible et habite avec ses parents instituteurs au sein de l'école.

Un jour, un mois après la rentrée environ, l'arrivée d'un nouveau pensionnaire est annoncée. Il se nomme Augustin Meaulnes et est âgé de dix-sept ans. Dès son arrivée, il fascine tous ses camarades par l'originalité de sa personnalité. François, partageant sa chambre, l'admire particulièrement. Les élèves lui trouvent bien vite un surnom : « *le grand Meaulnes* ».

Quelques jours avant Noël, l'élève Mouchebœuf est chargé d'accompagner François à la gare afin d'accueillir les grands-parents Seurel. Augustin Meaulnes, ne disant rien à personne, emprunte une voiture et décide d'aller les chercher lui-même. Le soir tombé, l'attelage revient sans conducteur à bord... Augustin a disparu.

Trois jours plus tard, Augustin réapparaît. Il est taiseux et semble cacher un secret. Il tente avec discrétion de tracer un plan afin de retrouver facilement la route qu'il a empruntée lors de son évasion en solitaire. François, intrigué par le comportement d'Augustin se demande pourquoi il porte un « gilet de marquis » sous sa tenue d'écolier. « Le grand Meaulnes » décide finalement de lui conter son aventure :

Sa jument s'étant échappée, il part à sa poursuite et finit par s'égarer. Il passe alors la nuit dans une bergerie abandonnée. Au petit jour, Meaulnes fait bientôt une découverte étonnante : il est arrivé aux abords d'un domaine mystérieux. Il y aperçoit en effet de petites demoiselles en costume d'époque. Ne voulant pas les effrayer, il se réfugie dans une chambre dans laquelle il tombe bientôt endormi. À son réveil, il est invité à participer à une fête costumée. Ayant pris l'apparence d'un marquis, il est invité à entrer dans une grande salle. Une fête y est organisée en l'honneur de Frantz de Galais, propriétaire du château. Ce dernier est absent car il s'est rendu à Bourges dans le but de ramener sa fiancée avec lui. C'est dans ce lieu étrange que Meaulnes fait la connaissance de la sœur de Frantz, Yvonne de Galais ; il tombe littéralement sous son charme.

Malheureusement, les festivités se terminent brusquement : Frantz revient, à son grand désespoir, sans sa promise. Il s'enfuit.

Alors que Meaulnes est en train de repartir pour Saint-Agathe, un coup de feu retentit. Augustin aperçoit le pierrot prénommé Ganache portant un corps dans ses bras.

Deuxième partie

Meaulnes a très envie de retourner au domaine et de revoir Yvonne. Toutefois, sa carte reste lacunaire et il ne parvient pas à localiser l'endroit avec exactitude.

Un soir, alors qu'ils ont entendu des cris, Meaulnes et François sortent dans la rue. Meaulnes se fait alors voler le plan par un bohémien au front bandé. Le lendemain, à l'école, il est face à un nouvel élève : le fameux voleur de la veille. Ce dernier lui rend le petit plan, complété par ses bons soins.

Le bohémien, Meaulnes et François deviennent amis. Chacun d'eux jure d'accourir sur-le-champ si l'un d'eux devait être en difficulté. Ainsi se conclut leur pacte d'amitié.

C'est lors d'un spectacle donné par les comédiens que le bohémien révèle sa véritable identité à François et à Augustin : Frantz de Galais.

Mais Ganache ayant dérobé des poulets, Frantz disparaît avec son ami pour échapper à la gendarmerie.

Meaulnes cherchera en vain le « sentier perdu ». Ayant appris de Frantz qu'Yvonne se trouvait à Paris, il quitte la région dans l'espoir de la rejoindre. François, de son côté, révèle le secret de son ami à ses autres camarades. Il reçoit bientôt des lettres de Meaulnes qui lui apprennent de mauvaises nouvelles : la jeune fille dont il était amoureux s'est mariée et s'en est allée de Paris. Augustin est désespéré, mais essaye d'oublier cette histoire.

Troisième partie

Un an plus tard, François, en vacances chez son oncle Florentin, découvre par hasard le mystérieux domaine du « Grand Meaulnes » : il s'agit du domaine des Sablonnières.

C'est alors que le narrateur apprend de Florentin qu'Yvonne de Galais est toujours célibataire et qu'elle vit avec son père. L'oncle de François le convie lui, la jeune fille et son ami Meaulnes à une fête. Après avoir rendu visite à sa tante Moinel, il prévient Meaulnes de l'incroyable nouvelle. Celui-ci répond bien sûr positivement à l'invitation. Une fois revue, Augustin la demande bien vite en mariage. Cependant lors de la nuit de noces, Frantz appelle Meaulnes à la rescousse. Il lui demande de partir avec lui pour retrouver sa fiancée perdue. Meaulnes abandonne ainsi sa jeune épouse pour aller aider Frantz.

Le temps s'écoule. Meaulnes n'est toujours pas rentré. François, lui, veille sur Yvonne qui est maintenant enceinte et en mauvaise santé. Elle met au monde une petite fille, mais décède malheureusement d'une embolie.

Un peu plus tard, François découvre un journal intime qui lui révèle des informations sur le passé de son ami à Paris. Alors qu'il était à la recherche d'Yvonne, Meaulnes y a fait la connaissance de Valentine Blondeau. Sans savoir qu'il s'agissait en fait de la promise de Frantz, il la séduit. Mais apprenant ensuite la vérité, il décide de la quitter. Il souhaitera tout de même la revoir par la suite.

François comprend alors le choix de Meaulnes : Rongé par le remord, il s'est dit qu'il était de son devoir d'aider Frantz à retrouver Valentine et à la reconquérir. Lui, pour sa part, pourrait vivre heureux avec Yvonne.

Épilogue

Une année s'étant passée, Meaulnes est de retour avec Frantz et Valentine unis par le mariage. Il apprend la fin tragique de sa femme et prend la décision de quitter la région avec sa petite fille.

III. PRÉSENTATION DES PERSONNAGES PRINCIPAUX

Les trois personnages que sont François Seurel, Augustin Meaulnes et Frantz de Galais incarnent chacun une facette de l'auteur. À travers son roman et ses personnages, on sent sa nostalgie de l'enfance.

François, le narrateur

Élève studieux, il est le fils de l'instituteur de l'école de Sainte-Agathe. (Rappelons qu'Alain-Fourrier avait deux parents instituteurs). Il est le narrateur de l'histoire. La structure du roman suit le rythme de ses émotions et de ses sensations, ce qui ôte à l'action sa linéarité. François, de sa plume délicate, nous invite à entrer dans le monde de l'enfance, dans un passé idyllique où l'amitié est capitale, où l'amour naît et charme par son mystère, où le merveilleux est quotidien.

Augustin Meaulnes

Cet adolescent est fantasque et rêveur. Il tombe amoureux d'Yvonne lors d'une fête étrange organisée dans le domaine mystérieux qu'il a découvert (cet amour fait échos à celui de l'auteur). Augustin Meaulnes est un personnage au cœur aventureux, un chevalier en quête d'un idéal, d'un « bonheur inimaginable ». Il est lié par un pacte d'amitié à François et à Frantz.

Frantz de Galais

Il est le personnage qui amène le drame dans le récit. La fête à laquelle Meaulnes participe se termine lorsque Frantz débarque, désespéré de n'avoir pu ramener sa fiancée. Frère d'Yvonne, il se fait passer pour un bohémien et devient l'ami de Meaulnes et de François. Il est comédien et ami du saltimbanque Ganache.

Yvonne de Galais

Il s'agit d'une femme que l'auteur a réellement connue. La rencontre de celui-ci avec Yvonne de Quièvrecourt a marqué sa jeunesse. Son amour pour elle était impossible, celle-ci étant mariée.

Dans le roman, elle est la sœur de Frantz et la bien-aimée de Meaulnes. Elle deviendra sa femme, mais mourra en mettant au monde sa petite fille.

Valentine Blondeau

Elle a également fait partie de la vie d'Alain-Fournier. En réalité, elle s'appelait Jeanne. Comme Valentine, elle est celle qui essaya de consoler l'auteur de sa déception amoureuse causée par Yvonne. Que ce soit pour Meaulnes ou pour Alain-Fournier, la tentative fut vaine.

IV. AXES D'ANALYSE DE L'ŒUVRE

Un roman d'aventures

Le héros de l'histoire, Augustin Meaulnes, est un adolescent aventureux, aimant parcourir les sentiers. Il doit donc aussi faire face aux imprévus de la route. C'est en effet lors de son escapade pour aller chercher les grands-parents de François qu'il s'égare et qu'il découvre le mystérieux domaine des Sablonnières. Son goût pour l'aventure lui fait rencontrer l'amour : Yvonne. De là, il s'embarque dans une quête du « sentier perdu » pour retrouver sa belle. Son projet l'amène à tisser des liens d'amitiés sincères avec François et Frantz.

Tel un roman d'aventures, notre héros, pour atteindre le bonheur, doit franchir une série d'épreuves. La première étape consiste à retrouver Yvonne. Sa première idée est donc de reconstituer un plan qui lui permettra de se frayer un chemin jusqu'à elle. Avec l'aide du bohémien, sa carte est enfin terminée. Toutefois, Yvonne n'est plus au domaine : elle est à Paris.

Paris devient donc la destination de voyage du « grand Meaulnes ». Partant à la recherche d'Yvonne, il renvoie l'image du chevalier des contes désirant ramener sa princesse. Toutefois, un autre obstacle se met au travers de sa route : Yvonne a quitté Paris et s'est mariée. Il lui semble finalement difficile d'atteindre son bonheur tant espéré.

Pourtant, le jour vient où il peut enfin contempler à nouveau sa mystérieuse bien-aimée. Mais bien qu'il puisse finalement goûter au bonheur et épouser Yvonne, il ne semble pas comblé par l'heureux évènement. Il agit tel un étranger, « comme quelqu'un qui n'a pas trouvé ce qu'il cherchait » (Partie 2, chapitre 9). Outre sa culpabilité vis-à-vis de Frantz, il y a quelque chose au fond de lui qui l'empêche d'être heureux.

Augustin s'impose encore une épreuve : abandonner son épouse pour venir en aide à son ami. Le pacte d'amitié le pousse à prendre cette décision. Cependant, son départ reflète plus un combat intérieur, une lutte qu'il mène finalement contre un « inimaginable bonheur ». Sa recherche du bonheur découle d'un amour initial, enchanteur et empreint du mystère du domaine ; d'un seul coup, à portée de ses mains, celui-ci devient plus ordinaire et un peu moins exceptionnel.

Entre imaginaire et réalité

À l'image des œuvres de Nodier, *Le grand Meaulnes* consacre le merveilleux. Le roman présente des adolescents qui ne souhaitent pas se plier au monde adulte et qui préfèrent le rêve à la vie réelle. Frantz et Meaulnes par exemple, préfèrent se tourner vers le passé et l'insouciance de leur jeunesse. Ils sont attirés par l'imaginaire, l'illusoire. Ce n'est pas pour rien que Frantz choisit d'être comédien.

Nous pouvons également constater chez Meaulnes une tendance à se tourner vers l'amusement et l'onirisme des enfants. En effet, il prend part à la fête du domaine avec beaucoup d'enthousiasme. Déguisements, danses, musique, gaieté et insouciance, tout y est et participe d'un univers enfantin, à l'écart des soucis qui accablent les adultes.

Toutefois, quand la réalité surgit, elle est dure et cruelle. La mort rapide et tragique d'Yvonne en est un exemple.

Ce retour vers l'âge d'or de l'enfance de même que sa confrontation difficile avec le réel placent Alain-Fournier sous l'influence de Nerval.

Dans la même collection en numérique

Escadrille 80

Inconnu à cette adresse

La controverse de Valladolid

Les Vilains petits canards

Une partie de campagne

Cahier d'un retour au pays natal

Dora Bruder

L'Enfant et la rivière

Moderato Cantabile

Alice au pays des merveilles

Le faucon déniché

Une vie

Chronique des Indiens Guayaki

Je voudrais que quelqu'un m'attende quelque part

La nuit de Valognes

Œdipe

Disparition Programmée

Education européenne

L'auberge rouge

L'Illiade

Le voyage de Monsieur Perrichon

Lucrèce Borgia

Paul et Virginie

Ursule Mirouët

Discours sur les fondements de l'inégalité

L'adversaire

La petite Fadette

La prochaine fois

Le blé en herbe

Le Mystère de la Chambre Jaune

Les Hauts des Hurlevent

Les perses

Mondo et autres histoires

Vingt mille lieues sous les mers

99 francs

Arria Marcella

Chante Luna

Emile, ou de l'éducation
Histoires extraordinaires
L'homme invisible
La bibliothécaire
La cicatrice
La croix des pauvres
La fille du capitaine
Le Crime de l'Orient-Express
Le Faucon malté
Le hussard sur le toit
Le Livre dont vous êtes la victime
Les cinq écus de Bretagne
No pasarán, le jeu
Quand j'avais cinq ans je m'ai tué
Si tu veux être mon amie
Tristan et Iseult
Une bouteille dans la mer de Gaza
Cent ans de solitude
Contes à l'envers
Contes et nouvelles en vers
Dalva
Jean de Florette
L'homme qui voulait être heureux
L'île mystérieuse
La Dame aux camélias
La petite sirène
La planète des singes
La Religieuse
1984 A l'Ouest rien de nouveau
Aliocha
Andromaque
Au bonheur des dames
Bel ami
Bérénice
Caligula
Cannibale
Carmen

La peau de chagrin

La Petite Fille de Monsieur Linh

La Photo qui tue

La Plage d'Ostende

La princesse de Clèves

La promesse de l'aube

La Vénus d'Ille

La vie devant soi

L'alchimiste

L'Amant

L'Ami retrouvé

L'appel de la forêt

L'assassin habite au 21

L'assommoir

L'attentat

L'attrape-coeurs

Le Bal

Le Barbier de Séville

Le Bourgeois Gentilhomme

Le Capitaine Fracasse

Le chat noir

Le chien des Baskerville

Le Cid

Le Colonel Chabert

Le Comte de Monte-Cristo

Le dernier jour d'un condamné

Le diable au corps

Le Grand Meaulnes

Le Grand Troupeau

Le Horla

Le jeu de l'amour et du hasard

Le Joueur d'échecs

Le Lion

Le liseur

Le malade imaginaire

Le Mariage de Figaro

Le meilleur des mondes

Le Monde comme il va

Le Parfum

Le Passeur

Le Petit Prince

Le pianiste

Le Prince

Le Roman de la momie

Le Roman de Renart

Le Rouge et le Noir

Le Soleil des Scortas

Le Tartuffe

Le vieux qui lisait des romans d'amour

L'Ecole des Femmes

L'Ecume Des Jours

Les Bonnes

Les Caprices de Marianne

Les cerfs-volants de Kaboul

Les contes de la Bécasse

Les dix petits nègres

Les femmes savantes

Les fourberies de Scapin

Les Justes

Les Lettres Persanes

Les liaisons dangereuses

Les Métamorphoses

Les Mouches

Les Trois mousquetaires

L'étrange cas du Dr Jekyll et de Mr Hyde

L'Ile Au Trésor

L'île des esclaves

L'illusion comique

L'Ingénu

L'Odyssée

L'Ombre du vent

Lorenzaccio

Madame Bovary

Manon Lescaut

Micromégas
Mon ami Frédéric
Mon bel oranger
Nana
Ne tirez pas sur l'oiseau moqueur
Notre-Dame de Paris
Oliver twist
On ne badine pas avec l'amour
Oscar et la dame rose
Pantagruel
Le Misanthrope
Perceval ou le conte du Graal
Phèdre
Ravage
Roméo et Juliette
Ruy Blas
Sa Majesté des Mouches
Si c'est un homme
Stupeur et tremblements
Supplément au voyage de Bougainville
Tanguy
Thérèse Desqueyroux
Thérèse Raquin
Ubu Roi
Un Barrage contre le Pacifique
Un long dimanche de fiançailles
Un secret
Vendredi ou la vie sauvage
Vipère au poing
Voyage au bout de la nuit
Voyage au centre de la terre
Yvain ou le Chevalier au lion
Zadig

À propos de la collection

La série FichesdeLecture.com offre des contenus éducatifs aux étudiants et aux professeurs tels que : des résumés, des analyses littéraires, des questionnaires et des commentaires sur la littérature moderne et classique. Nos documents sont prévus comme des compléments à la lecture des oeuvres originales et aide les étudiants à comprendre la littérature.

Fondé en 2001, notre site FichesdeLectures.com s'est développé très rapidement et propose désormais plus de 2500 documents directement téléchargeables en ligne, devenant ainsi le premier site d'analyses littéraires en ligne de langue française.

FichesdeLecture est partenaire du Ministère de l'Education du Luxembourg depuis 2009.

Plus d'informations sur www.fichesdelecture.com

Notes :